LA BONNE-MAMAN.

3e SÉRIE GRAND IN-32.

LA BONNE-MAMAN

OU

LES LOISIRS DE L'ENFANCE

PAR Mme GORSAS.

LIMOGES
EUGÈNE ARDANT ET Cie, ÉDITEURS.

LA

BONNE-MAMAN.

MADAME D'HARCOURT (*appelant ses petits-enfants*).

Ludovic, Emmeline, Alix, Henriette, répondez-moi donc, mes enfants.

LES ENFANTS.

Bonne-maman ! Bonne-maman ! nous sommes là, au jardin.

MADAME D'HARCOURT.

Rentrez, mes amis ; il fait trop froid pour courir en plein air, et surtout quand il gèle aussi fort; c'est s'exposer à prendre une fluxion de poitrine, ou tout au moins la grippe. D'ailleurs la nuit approche, les brouillards s'épaississent, le temps va devenir mauvais. Allons, je vous attends pour commencer l'histoire que je vous ai promise.

A ces mots, les enfants de madame d'Harcourt prirent la course pour se rendre au salon, à peu près comme une troupe d'oiseaux prend la volée, quand un bruit soudain vint se faire entendre.

HENRIETTE (*se plaçant tout près du fauteuil de madame d'Harcourt*).

Pour moi, je veux être aujourd'hui auprès de bonne-maman, parce que je suis la plus petite.

EMMELINE.

Non, ce sera moi, parce que je suis la plus grande.

ALIX.

C'est à mon tour à prendre cette

place, il y a plus de huit jours que je n'ai pu l'avoir.

LUDOVIC (*se croisant les bras et regardant ses sœurs*).

Voyez donc ces petites filles, comme elles sont raisonnables, elles veulent toutes la même place. Bon ! les voilà qui grimpent toutes trois sur le fauteuil, comment tout cela va-t-il s'arranger à présent ?

EMMELINE.

Ces petites filles ! ces petites filles ! Tu n'es pas si grand garçon, toi ; tu n'as qu'un an de plus que moi.

LUDOVIC.

Au moins je ne me querelle pas pour une place. Fi ! que c'est laid.

MADAME D'HARCOURT (*entrant*).

Eh bien ! mes enfants, je crois qu'il y a de l'opposition entre vous.

Tous les enfants veulent parler à la fois, madame d'Harcourt leur impose silence et continue : Paix ! j'ai tout entendu, et pour vous donner le temps de réfléchir à la conduite que vous venez de tenir, vous allez garder pendant demi-heure le silence le plus absolu ; nous verrons après.

— Maintenant, Mesdemoiselles, prenez chacune la place qu'il vous plaira, excepté celle qui fait le sujet de vos discussions.

Les enfants de madame d'Harcourt obéissent tous sans réplique. Emmeline va s'asseoir au bout du canapé. Alix prend le côté opposé, et Henriette s'assied dans un coin du salon sur un pliant.

Madame d'Harcourt se place dans

son fauteuil près du feu, et lit un journal.

Ludovic est devant la cheminée observant le mouvement de la pendule.

— Demi-heure, dit-il en lui-même, c'est bien long pour la langue de mes petites sœurs. Au reste, c'est une pénitence fort à propos ; car l'on ne s'entendait plus ; mais elles n'y tiendront jamais.

Et moi donc ? oh ! je vais m'ennuyer de ne pas les entendre... Je suis vraiment curieux de savoir laquelle des trois rompra la première le silence éternel.

Emmeline s'amusait avec les houppes des coussins du canapé, Alix arrangeait et dérangeait ses cheveux, et Henriette jouait dans son coin avec ses doigts.

On n'entendait d'autre bruit dans le salon que le pétillement du bois qui brûlait dans le foyer, et les soupirs de Ludovic, qui regardait toujours la pendule, disant tout bas : Grâce à Dieu ça s'avance, il n'y a plus que cinq minutes à passer ; ah ! le temps est bien long quand on ne fait rien.

Un coup frappé vigoureusement à la porte de dehors, résonna dans toute la maison et les fit tous tressaillir. Les trois jeunes filles s'élancèrent de leurs siéges dans les bras de leur bonne-maman, et le raisonnable Ludovic ne se sentant pas trop rassuré, se rapprocha aussi près qu'il put du petit groupe.

MADAME D'HARCOURT.

Rassurez-vous, mes enfants, c'est probablement quelque nouvelle que l'on nous apporte ; car l'on a signalé un vaisseau aujourd'hui dans l'après-midi ; que nous serions heureux si elles étaient de votre père et de votre mère !

— Je ne m'étais pas trompée, voici Bertrand qui m'apporte des lettres ; voyons, d'où sont-elles ? De la Nouvelle-Orléans ; elles sont justement de mon fils et de ma fille.

Après que madame d'Harcourt eut fait la lecture de ses lettres, elle dit à ses petits-enfants que leur papa et leur maman se portaient bien, qu'ils leur recommandaient d'être sages, et qu'à leur retour ils leur apporteraient de très-belles choses qui leur feraient plaisir. Puis elle ajouta : En faveur de la bonne nouvelle que nous venons de recevoir, ne parlons plus de pénitence. Venez tous m'embrasser, et soyez plus raisonnables à l'avenir.

Les enfants approchèrent leurs chaises autour du feu sans se contrarier, et madame d'Harcourt commença l'histoire suivante.

L'ORPHELINE.

Un jour, il y a déjà bien longtemps de ce que je vais vous raconter, mes enfants, cependant le souvenir m'en est toujours cher et toujours présent ; quand vous saurez l'histoire d'Amélie, vous vous y intéresserez, j'en réponds, aussi vivement que moi.

Etant allée pour ma santé aux eaux

de Bagnères, et m'y ennuyant passablement, quoiqu'il y eût cette année-là une grande affluence de monde, je vis arriver, quelques jours après moi, une jeune dame dont l'air souffrant m'inspira le plus tendre intérêt, ainsi que sa jolie, mais toute jolie petite fille qu'elle tenait par la main, et avec laquelle j'eus bientôt fait connaissance, car elle était parfaitement bien élevée.

Elle obéissait à sa maman avec une grâce et une promptitude qui me charmèrent. Elle n'avait pas, comme d'autres enfants, toujours des raisous à opposer pour ne pas faire à l'instant ce qui leur est commandé ; elle allait au contraire au-devant de ce qu'on désirait d'elle. Cependant Amélie n'avait que quatre ans.

Sa maman, madame Blamont, malgré sa faiblesse (car elle était dans un état de santé déplorable), s'occupait de l'instruction de sa petite fille ; elle la faisait lire deux fois par jour quand ses douleurs le lui permettaient.

Jamais Amélie ne se faisait prier pour lire. Madame Blamont n'avait qu'à lui dire : Amélie, et notre leçon... Oui, maman, répondait la bonne petite, courant prendre son livre, et venant s'asseoir docilement auprès de sa mère.

— J'espère, mon ange, que tu vas bien lire ? lui disait madame Blamont. Oh ! oui, maman, répondait l'aimable Amélie ; ne parle pas, toi, ça te fatiguerait trop. Je vais tâcher de trouver mes mots toute seule, de bien faire toutes mes liaisons, de m'arrêter aux pauses, et de ne pas barbouiller comme tu me le reproches quelquefois. Puis la charmante enfant ouvrait son livre, et lisait à faire plaisir ; le son de sa voix avait quelque chose de doux, de bon, qui allait au cœur. Après avoir lu elle faisait une petite tâche de couture ou de tricot, et quand ses petits devoirs étaient terminés, madame Blamont lui permettait de s'amuser.

Amélie était naturellement vive et enjouée : elle aurait préféré, comme tous les enfants de son âge, des jeux bruyants ; mais Amélie était bonne et sensible, elle savait que le bruit incommodait sa mère ; et, sans se le faire dire, elle choisissait toujours l'amusement qui exigeait le moins de mouvement, comme d'habiller et de déshabiller sa poupée, de faire des découpures de papier, ou de converser tout bas avec les petits personnages qui se trouvaient sur les gravures de ses livres. Si elle se levait pour aller chercher quelque chose dont elle eût besoin, elle allait et venait si doucement que personne ne s'en apercevait. Enfin, je ne sais comment cela se fit, mais je me pris d'une affection si vraie pour cette enfant, que je ne pouvais plus la quitter.

De son côté, l'aimable petite m'accordait un sentiment de préférence sur tous les hôtes de l'établissement, qui m'était infiniment agréable. Je m'attachai véritablement à Amélie. Hélas! je prévoyais que la pauvre enfant n'aurait bientôt plus de mère.

son seul appui dans de monde ; son père n'existait plus depuis deux ans.

Madame Blamont habitait Pau, et moi Bayonne ; nous étions presque compatriotes, nous fîmes bien vite connaissance, et par l'intermédiaire d'Amélie nous fûmes bientôt amies dévouées.

Les eaux ne furent pas favorables à madame Blamont, une fièvre ardente l'eut bientôt enlevée de ce monde, et à l'intéressante Amélie.

Je ne quittai pas madame Blamont du moment où elle se trouva plus mal, et j'ai la douce consolation d'avoir adouci ses derniers instants, par la promesse que je lui fis de me charger de l'éducation de sa fille.

Je veillai encore près de son cercueil, jusqu'au moment où on vint la chercher pour la déposer dans la tombe.

J'éloignai Amélie du lit funèbre de sa malheureuse mère, autant qu'il me fut possible ; mais elle s'échappait à tous moments des mains de sa bonne, pour venir me demander si sa petite maman était guérie. J'étais obligée de lui dire, pour l'empêcher de monter sur le lit où reposait l'infortunée : Elle dort, mon enfant ; il ne faut pas troubler son repos.

— Mon Dieu, disait Amélie, je ne l'ai pas embrassée depuis deux jours, c'est bien long : quand ne dormira-t-elle plus, Madame ? Il me semble que son sommeil dure plus qu'à l'ordinaire.

J'avais le cœur navré de ces petites réflexions, mais je dissimulai mon chagrin. Je ne voulais pas qu'Amélie s'aperçût si vite qu'elle était orpheline, et je voulais avoir le temps de la préparer à cette infortune : hélas! elle l'était doublement, la pauvre enfant, de père, de mère, et sans aucun parent qui pût prendre soin de son enfance.

Après la cérémonie de l'enterrement de madame Blamont, où assistèrent toutes les personnes qui se trouvèrent aux eaux de Bagnères, je retins Amélie dans ma chambre sous différents prétextes ; mais quand vint le soir, il n'y eut plus moyen de la garder, elle demandait sa mère d'un air si touchant, si orphelin, que tout le monde en était attendri.

Je pris le parti de la conduire dans l'appartement qu'avait occupé madame Blamont, afin qu'elle vît par elle-même que celle qu'elle cherchait n'y était plus.

Quand elle eut regardé sans rien dire dans le lit qui était tout en désordre, dans un petit cabinet, enfin dans tous les coins de la chambre, elle s'arrêta devant moi, et me dit en joignant ses petites mains :

— Madame, je vous en prie, dites-moi où est maman ; je ne pleurerai plus, et je serai bien sage.

Je la pris dans mes bras, et l'inondant de mes pleurs, je lui dis :

— Oui, mon ange, tu sauras où est ta mère, je vais te le dire puisque tu le veux, et puisque c'est à moi qu'a été réservé ce devoir.

— Tu sais bien, Amélie, continuai-je, que le bon Dieu est dans le ciel, et qu'il y attend ceux qu'il aime pour les rendre bienheureux.

Elle ne me donna pas le temps d'achever, et me dit vivement :

— C'est donc dans le paradis qu'elle est allée, ma pauvre petite maman?

— Oui, ma chère petite, lui répondis-je, elle est auprès de Dieu, d'où elle veille sur toi.

— Je veux y aller aussi, moi ; soyez donc assez bonne, Madame, pour dire au bon Dieu de venir me chercher pour que j'aille avec maman.

— Oui, mon enfant, tu iras ; mais pas encore.

— Quand donc, Madame ?

— Quand le bon Dieu voudra.

— Voudra-t-il bientôt ?

— Je n'en sais rien.

Amélie ne me fit plus de questions,

ne pleura plus ; mais une idée fixe semblait la préoccuper.

Je fis tous mes efforts pour la distraire, je la promenai, je lui procurai la compagnie d'autres enfants de son âge, tout fut inutile ; je ne pus parvenir à éloigner de son esprit l'idée d'aller chercher sa mère.

Cependant je lui en tenais lieu, et je tâchai, autant qu'il me fut possible, de prendre les manières de madame Blamont, pour m'attacher Amélie ; aussi j'eus la satisfaction de lui entendre dire quelquefois :

— Maman d'Harcourt fait tout comme ma petite maman qui est dans le ciel.

Un jour, étant allées faire une promenade dans la délicieuse vallée de Campan, accompagnées de plusieurs autres personnes, nous nous amusâmes à cueillir des fleurs des champs, qui sont très-belles dans cette contrée privilégiée de la nature. Je remarquai avec plaisir que mon Amélie faisait aussi son petit bouquet avec un soin tout particulier. Bon ! me dis-je à moi-même, cette occupation lui plaît, je la lui donnerai souvent.

Un savant botaniste était avec nous. Il trouva une plante rare et curieuse, par ses formes et ses propriétés, nous nous groupâmes autour de lui, pour lui en entendre faire l'analyse. Cette distraction me fit oublier un instant Amélie, que je croyais toujours occupée à grossir son bouquet ; mais quelle fut ma surprise lorsque je ne la vis plus parmi nous.

Je courus à l'établissement pour en

demander des nouvelles, espérant qu'elle y aurait retourné; personne ne l'avait vue.

J'interroge sa bonne, qui me répond, comme tout le monde, qu'elle ne l'a pas vue depuis que je l'ai emmenée à la promenade.

Puis elle ajouta : Hier, et ce matin encore, je lui ai entendu dire plusieurs fois :

— Ah! je sais bien où est maman à présent : c'est là-bas où sont toutes ces croix et toutes ces grandes pierres.

— C'en est assez, dis-je à la bonne, venez avec moi au cimetière, elle ne peut être que là.

J'avais deviné juste : en arrivant dans ce triste lieu, je vis ma pauvre Amélie penchée sur la tombe de sa mère, faisant un creux avec ses petites mains, dans la terre fraîchement remuée.

Elle était si occupée qu'elle ne nous entendit pas arriver jusqu'à elle.

— Que faites-vous là, Amélie ? lui dis-je le plus doucement possible, et d'une voix émue.

Elle se retourna comme quelqu'un qui se trouve surpris, puis écartant ses jolis cheveux qui lui couvraient le front, elle me répondit en soupirant :

— Madame, je cherche maman pour lui donner ces fleurs, elle les aime beaucoup !...

Cette scène me fit mal, et me fit prendre la résolution de quitter Bagnères avant le temps prescrit par le médecin. Quoique dans un âge où les impressions ne sont qu'une vapeur légère qui se dissipe au moindre souffle, je craignis pour les jours et la santé d'Amélie.

Je l'éloignai donc du tombeau de sa mère, en l'emmenant avec moi à Bayonne, et je l'ai élevée comme ma propre fille.

EMMELINE.

Bonne-maman, si Amélie avait été une enfant maussade, remplie de défauts, vous ne l'auriez pas aimée, n'est-ce pas, et elle eût été toujours malheureuse?

MADAME D'HARCOURT.

Amélie eût été sans doute moins heureuse, sans les bonnes qualités dont elle est douée, et je pense avec toi qu'il y a beaucoup à gagner à être bien élevée, parce qu'alors on intéresse tout le monde.

Il importe donc beaucoup, mes enfants, d'acquérir de bonne heure des vertus aimables, des manières douces et obligeantes, qui nous attirent l'amitié et la bienveillance de tout ce qui nous entoure.

LUDOVIC.

Je voudrais bien connaître cette bonne Amélie, je crois que je l'aimerais beaucoup.

HENRIETTE.

Où demeure-t-elle, bonne-maman?

MADAME D'HARCOURT.

Depuis un an elle est en Amérique, chez un oncle maternel qui a désiré la voir et lui assurer une grande fortune; vous aurez le plaisir de l'embrasser très-prochainement. Tiens,

Ludovic, puisque tu veux la connaître, voici son portrait.

LES ENFANTS.

Oh ! quel bonheur, c'est maman qui est Amélie.

MADAME D'HARCOURT.

Oui, mes enfants ; l'intéressante Amélie que j'adoptai à Bagnères, et que j'ai eu le bonheur d'élever, est votre excellente mère.

LES ENFANTS.

Nous tâcherons de lui ressembler, bonne-maman.

LE DIAMANT.

Madame de Saint-Just avait un fils de dix ans qu'elle idolâtrait ; mais cette grande tendresse ne l'empêchait pas de lui donner une éducation aussi saine que solide, basée sur les seuls garants qui peuvent faire l'homme de bien ; je veux dire, mes enfants, la religion et l'honneur.

Elle élevait son fils en mère sensée, en mère qui aime son enfant pour lui, et non pour elle-même, et mettait tous ses soins à faire de lui un être doué de raison, capable de remplir un jour un emploi honorable, et non un paresseux, un fashionable, un homme à la mode, papillonnant dans les salons, tranchant sur tout, et sachant à peine le nom des choses, comme on en voit tant aujourd'hui dans le monde. Je gagerais bien que ceux-ci, mes enfants, ne feront jamais d'hommes célèbres, du moins en fait de talents.

Madame de Saint-Just désira longtemps une fille ; ses vœux n'ayant pas été exaucés, elle adopta une nièce, fille d'une sœur qu'elle aimait beaucoup, morte surchargée d'une nombreuse famille.

Blanche de Lynval méritait cette adoption, par un ensemble de qualités qui en aurait fait un être parfait, si elle n'avait pas été un peu trop encline à s'offenser de la moindre chose.

Aussitôt que quelques paroles venaient blesser son amour-propre, Blanche se taisait et prenait un air soucieux ; lui aurait-on reproché un crime, elle n'aurait pas ouvert la bouche pour se justifier ; son innocence lui suffisait, disait-elle. Mais ce n'est pas tout d'être innocent, il faut faire tout son possible pour le prouver, au risque d'être soupçonné ou accusé, bien souvent des fautes des autres.

Un matin, Blanche entra dans la chambre de sa tante, pour lui souhaiter le bonjour comme à l'ordinaire, et pour prendre ses conseils sur la manière dont elle devait se conduire à une fête d'enfants à laquelle elle était invitée, ainsi que son cousin Illas.

Cette fête se préparait à la campagne, et madame de Saint-Just devait les y accompagner en calèche. Jugez, mes enfants, du plaisir que se promettaient Blanche et Illas. Aussi pressaient-ils l'un et l'autre les préparatifs du départ, avec un empressement étourdissant.

Madame de Saint-Just avait assisté, la veille de ce jour, à une brillante soirée pour laquelle il lui avait fallu faire une élégante toilette, et tous ses diamants étaient encore épars sur une table où elle les avait posés en se déshabillant. Etant pressée de partir par les enfants, elle voulut les ranger elle-même, avant de quitter son appartement.

Après avoir cherché quelques instants, madame de Saint-Just dit à sa femme de chambre, mademoiselle Dorothée, qu'il lui manquait une bague d'un grand prix, de lui aider à la chercher.

Mademoiselle Dorothée s'empressa de fureter dans tous les coins et recoins de la chambre, de changer de place jusqu'aux plus petits meubles; les tapis, les coussins, les chaises, les fauteuils, tout était sens dessus dessous. Mais, avec tout cet embarras et toutes ces recherches, le diamant ne se trouvait pas. C'est inconcevable, disait madame de Saint-Just ; il y était encore quand je me suis levée.

— Dorothée, avez-vous fait attention lorsque vous avez plié mon schall et ma robe ?

— La bague de Madame était encore sur la table lorsque j'ai plié ses effets, et même lorsque mademoiselle Blanche s'amusait à regarder les diamants.....

— Avez-vous vu qu'elle y ait touché ? reprit vivement madame de Saint-Just.

— Madame sait bien que je suis sortie tout de suite pour faire les commissions qu'elle m'avait ordonnées, et que je n'ai pu voir ce que faisait mademoiselle Blanche.

Blanche fut appelée, et dit qu'elle

avait bien vu tous les diamants ensemble ; mais qu'elle n'avait pas remarqué celui qu'on lui désignait. Puis, plus préoccupée de la belle partie de campagne que des bijoux de sa tante, elle retourna dans sa chambre pour achever de la mettre en ordre avant de la quitter, comme on lui en avait donné la bonne habitude.

Quand Blanche fut sortie, Dorothée se mit à pleurer C'est bien malheureux pour moi, disait-elle à sa maîtresse ; Madame me soupçonnera peut-être de lui avoir pris son diamant, car ces choses-là tombent toujours sur le dos des pauvres domestiques...

— Mais personne ne pense à vous accuser, Dorothée.

— Madame est trop bonne et trop juste pour cela...

— Il faut vous dire, mes enfants, que mademoiselle Dorothée n'aimait pas Blanche, parce que la pauvre enfant n'était pas riche, et qu'elle ne pouvait pas lui faire de cadeaux : aussi toutes les fois qu'elle trouvait l'occasion de lui faire de la peine, elle n'y manquait pas.

— Si j'osais, continua Dorothée, dire à Madame que ce matin j'ai contrarié mademoiselle Blanche...

— Pourquoi? demanda madame de Saint-Just.

— Parce que je n'ai pas voulu me lever plus tôt que de coutume pour l'habiller, et que...

— Eh bien! quel rapport peut-il y avoir entre cette contrariété et ma bague?

— Madame, dit Dorothée pleurant

plus fort, sait bien que les enfants sont capricieux et contrariants ; peut-être ce diamant a-t-il été caché pour me faire gronder.

— Retirez-vous, Dorothée, et dites à Blanche que je l'attends ici.

Blanche et Illas, qui ne doutaient pas que ce ne fût pour partir qu'on les faisait appeler, arrivèrent chez madame de Saint-Just en habits de voyage, tout prêts à monter en voiture.

Blanche avait un petit habillement d'amazone qui lui allait à ravir ; Illas n'avait pas oublié sa veste et son pantalon de chasse, non plus qu'une jolie cravache, avec laquelle, disait-il, il avait l'air d'un écuyer du roi. Ils étaient l'un et l'autre brillants de plaisir et de bonheur, gentils à croquer, comme on dit.

— Mes amis, dit madame de Saint-Just, il ne s'agit pas de départ dans ce moment ; j'ai une chose importante à éclaircir auparavant, et une chose qui m'afflige beaucoup.

— Blanche, continua madame de Saint-Just, écoute-moi sans te troubler : n'aurais-tu pas caché mon diamant pour inquiéter Dorothée ?

Blanche rougit, et ne répondit rien.

— Blanche, répondez-moi, reprit madame de Saint-Just ; je ne vous demande qu'un mot : oui ou non ; je m'en rapporterai à vous... Si c'est une plaisanterie que vous ayez voulu faire, quoiqu'elle ait déjà trop duré, dites-le-moi, nous n'y penserons plus.

Blanche, blessée du soupçon de sa tante, garda un silence obstiné, et ne répondit à aucune des questions de madame de Saint-Just, qui, fâchée à son tour de ce que sa nièce ne voulait pas lui répondre, lui ordonna de se retirer dans sa chambre, et de ne plus penser à la partie de campagne.

Blanche obéit sans aucun témoignage de justification.

— Quant à toi, mon cher Illas, qui es absolument étranger à toute cette affaire, je vais te conduire à Auteuil et te donner une lettre d'excuse pour madame B***; tu lui diras qu'une affaire imprévue me prive du plaisir de la voir aujourd'hui.

— Illas, tu consens bien que je te fasse conduire à Auteuil? demanda madame de Saint-Just à son fils.

— Si ma chère maman veut me faire un plaisir, répondit Illas, c'est de me laisser ici. Je ne saurais m'amuser quand elle est dans l'inquiétude, et que ma cousine pleure.

— Tu feras à cet égard ce que tu voudras, mon ami : pour ma part, je t'en sais bon gré.

— Maman, si tu voulais me permettre de te dire quelque chose.

— Parle, mon ami.

— Je t'assure que Blanche est incapable d'une telle malice, et tu conviendras qu'une accusation de ce genre doit la blesser cruellement, d'abord parce qu'elle est fière, et puis parce qu'elle ne sait pas se justifier.

— Dis plutôt qu'elle ne le veut pas. J'aime à penser avec toi qu'elle est incapable d'avoir commis cette faute ;

eh bien! cela lui servira de leçon et lui apprendra à parler quand c'est nécessaire. Quant à mon diamant, j'en fais le sacrifice, et j'aime mieux le perdre que d'accuser quelqu'un.

Madame de Saint-Just faisait le sacrifice de sa bague, il est vrai; mais elle n'en pensait pas moins qu'elle lui avait été soustraite, et ce qui lui était le plus pénible dans cette conjoncture, c'était le soupçon que mademoiselle Dorothée lui avait insinué contre Blanche, sa fille d'adoption.

Elle ne pouvait pas non plus croire à l'infidélité de sa femme de chambre, qu'elle avait à son service depuis longtemps, et en laquelle elle avait une entière confiance. Oh! combien n'aurait-elle pas donné pour connaître la vérité?

Illas sollicita de sa mère la faveur d'aller voir un instant sa cousine, permission qui lui fut accordée de bon cœur.

Il la trouva toute en pleurs et remettant dans sa commode ses habits de voyage.

— Tu te donnes bien du chagrin mal à propos, ma chère cousine, lui dit-il; pourquoi n'as-tu pas voulu parler à maman, puisqu'elle tenait à savoir la vérité de toi-même?

— Que pouvais-je dire, je ne sais rien, je n'ai pas vu le diamant, et je n'ai rien touché; et puis, j'étais si fâchée que maman eût eu la pensée de me croire capable d'une si vilaine action... Je sais bien que Dorothée ne m'aime pas; mais je serais désolée de lui causer le moindre désagrément.

— Permets-moi de te dire, ma chère Blanche, que tu as tort dans cette circonstance; il est bien permis à une mère d'interroger ses enfants, sans qu'ils s'en offensent : c'est une fierté mal entendue, je dirai même de l'humeur. Allons, viens, je vais arranger tout ça, moi.

— Je ne puis à présent, je me sens malade, je vais me coucher.

En effet, une attaque de nerfs, provoquée par la contrariété qu'éprouvait Blanche, commençait à raidir ses membres.

Illas se retira promptement pour aller informer sa mère de l'état où se trouvait sa cousine.

— Il ne faut vraiment compter sur rien, disait-il en s'en allant : nous devions passer ce jour en plaisirs, et nous voilà tous dans la tristesse. Je voudrais que tous les diamants fussent encore dans les entrailles de la terre. D'ailleurs, à quoi bon des diamants? ce n'est qu'un moyen de plus de rendre le monde malheureux, parce que ceux qui n'en ont pas en veulent, et ceux qui en ont ont peur de les perdre. Ah! mon Dieu! mon Dieu!

Madame de Saint-Just, plus préoccupée de sa fille que de la perte de son diamant (que mademoiselle Dorothée cherchait toujours), accourut lui donner des soins, et s'établir auprès de son lit; car, après l'attaque de nerfs, était survenue une fièvre ardente. Sur les neuf heures du soir, Blanche se trouva mieux, et se mit à causer tranquillement avec sa tante de tout ce qui s'était passé dans la journée. Comme elles en étaient aux explications, on vint dire à madame de Saint-Just que quelqu'un lui faisait demander un moment d'entretien.

Ce quelqu'un était un joaillier auquel on avait vendu le diamant dans la journée, et qui, après l'avoir examiné plus attentivement, avait cru le reconnaître pour un de ceux qu'il avait vendus à madame de Saint-Just ; il s'empressait de le lui porter voir, et il se trouva que c'était bien celui que l'on cherchait depuis le matin.

— De qui le tenez-vous? demanda madame de Saint-Just au joaillier.

— D'une dame qui m'est inconnue, et qui est entrée ce matin dans mon magasin, me disant qu'une affaire imprévue la forçait de vendre ce bijou, auquel elle disait tenir beaucoup.

A ce moment Dorothée entra pour rendre compte de quelque commission à sa maitresse ; le joaillier la regarde tout stupéfait, et ne peut s'empêcher de dire : Madame, c'est la personne qui m'a vendu votre diamant.

Dorothée fit un cri, et fut se cacher dans sa chambre, en attendant l'arrêt qu'on allait prononcer contre elle.

Le joaillier commença par lui faire rendre l'argent qu'il lui avait donné, et madame de Saint-Just lui signifia de quitter la maison le lendemain matin.

Monsieur de Saint-Just, qui était absent depuis quelques jours, arriva précisément au moment où le joaillier était encore chez lui; apres qu'on l'eut informé de tout ce qui s'était passé, il voulut que la justice s'emparât de cette affaire, afin de donner un exemple de plus aux serviteurs infidèles.

Illas était de l'avis de son père, il tenait à ce que mademoiselle Dorothée fût punie, et le joaillier aussi ; mais Blanche fit tant, par ses prières et par ses caresses, qu'elle obtint de son oncle qu'on ne tourmenterait pas cette méchante fille, qui lui avait tant donné de chagrin.

Madame de Saint-Just pressa sa fille adoptive dans ses bras, et lui dit : Va, ma chère enfant, si tu m'as donné un moment de chagrin ce matin, tu m'en dédommages bien ce soir par ta noble conduite ; il est beau, très-beau, de faire du bien à ceux qui nous font du mal.

LE JEUNE PRISONNIER.

L'histoire que je vais rapporter, mes amis, est celle d'un enfant que j'ai connu ainsi que ses parents. Personne ne me l'a racontée ; elle s'est passée sous mes yeux au château de S***, où j'avais été passer quelque temps avec ma nièce, amie intime de madame de Laumer, mère de mon petit prisonnier.

Monsieur et madame de Laumer avaient deux fils ; Jude était l'aîné, et Marcien le plus jeune. C'est de Jude dont je vais vous entretenir plus particulièrement. Je commencerai par vous dire un mot de son caractère un peu singulier.

Jude de Laumer était le meilleur enfant du monde, doux et pacifique, au point de se laisser battre par ses camarades, sans avoir seulement la pensée de leur riposter. En fait de tapes, il prenait toujours et ne rendait jamais.

A un quart de lieue du château demeurait un vénérable prêtre aimé de la paroisse, qui s'était chargé d'enseigner plusieurs jeunes garçons, au nombre desquels étaient Jude et Marcien.

Les condisciples de Jude s'amusaient à le tourmenter ; l'un cachait ses livres afin qu'il ne pût apprendre ses leçons et qu'il fût puni ; l'autre renversait une écritoire sur un devoir qu'il venait d'achever, et qu'il devait montrer à son père ; celui-là lui jetait une poignée de sable dans les yeux, un autre lui volait le pain de son déjeuner et mettait une pierre à la place; enfin c'était à celui qui le pousserait à bout pour le faire sortir de son caractère.

Jude, toujours d'un sang-froid imperturbable, se contentait de répondre à chaque mauvais tour qu'on lui faisait : Quand ils seront las de me tourmenter ils me laisseront tranquille.

Marcien aimait beaucoup son frère, et plus d'une fois il avait fait le coup de poing pour le défendre.

Lorsqu'on demandait à Jude pourquoi il ne se donnait pas la peine de se défendre lui-même, il répondait : Je n'ai pas besoin de m'en mêler, mon frère s'en acquitte mieux que moi.

Il ne faut pas croire pour cela, mes enfants, que Jude fût un sot : il avait, malgré cette apathie, beaucoup d'intelligence, une mémoire fidèle et une grande facilité à saisir tout ce qu'on lui enseignait ; mais il était ennemi déclaré des querelles, il aimait mieux souffrir que d'en avoir avec personne ; c'était sa façon d'être à lui, comme nous avons tous chacun la nôtre.

Cependant Jude avait un grand défaut : il était paresseux à l'excès, ce qui lui valait souvent de sévères réprimandes de la part de son père, qui n'entendait pas faire de ses fils des petits-maîtres et des ignorants.

Au temps dont je vous parle, mes enfants, la jeunesse n'était pas élevée aussi mollement qu'aujourd'hui ; on ne nourrissait pas les enfants de friandises ; du pain, des légumes et des fruits suffisaient à leur bon appétit.

Mais revenons à Jude : il était tombé dans un accès de paresse tel que, depuis huit jours que son père était absent, il n'avait pu prendre sur lui d'écrire un mot de devoir.

En arrivant, bien entendu, monsieur de Laumer reçut des plaintes de monsieur le curé sur la négligence de Jude. Monsieur de Laumer s'empressa de faire appeler son fils, car les enfants ne paraissaient devant les parents que lorsque ceux-ci les y invitaient, et lui fit de justes reproches sur sa conduite.

— Monsieur le curé, lui dit-il, se plaint de votre inexactitude.

— C'est vrai, mon père, répondit Jude, depuis huit jours je n'ai rien fait.

— Puisqu'il en est ainsi, résignez-vous à passer autant de jours en prison que vous en avez passé à ne rien faire. Rendez-vous-y tout de suite ; on vous y apportera du pain et de l'eau, et vous y coucherez sur la dure.

Jude se rendit sans murmurer dans le haut d'une vieille tour flanquée sur un côté du château, ancien édifice qui comptait plusieurs siècles, et qui avait soutenu plus d'un siége.

Il entra dans une petite chambre dont la fenêtre était fort étroite, mais d'où l'on découvrait un horizon immense. Bon ! dit-il, je ne saurais m'ennuyer ici, le temps de ma consigne sera bientôt passé.

Dans un coin de la chambre, se trouvaient deux chaises en bois et une espèce de lit en en planches, sans paille ni matelas ; c'était là-dessus que devait coucher notre petit bonhomme.

Quelques moments après son entrée dans la tour, un domestique lui apporta un pain et une cruche d'eau. Voilà, lui dit-il, Monsieur, tout le régal que vous aurez pendant huit jours. Je suis bien fâché qu'on m'ait établi votre gardien ; mais, arrivera ce qu'il pourra, je ne veux pas être votre geôlier : je vais laisser la porte ouverte, vous pourrez prendre la clef des champs quand il vous plaira.

— Je n'en ferai rien, mon pauvre Boniface : j'ai mérité ma punition, je m'y soumets ; et puis, pour rien au monde je ne passerais les ordres de mon père ; laisse la porte ouverte, si tu veux, mais je n'en profiterai pas.

— Eh bien ! à votre aise ; monsieur

Marcien n'en sera pas fâché. Ah ! il va faire un beau tapage, quand il saura que vous êtes en prison : au fait, il ne pourra pas s'amuser tout seul. Il est capable de s'y faire mettre pour vous tenir compagnie.

Dès que Marcien sut que son frère était retenu dans la tour, son premier mouvement fut de se rendre auprès de son père, après lui en avoir fait demander la permission, dans l'espoir de le fléchir en faveur de Jude, mais ses prières furent inutiles : monsieur de Laumer ne revenait jamais sur ce qu'il avait dit ; sa maxime était : *ce qui est fait est fait, ce qui est dit est dit ;* et il ne se déportait jamais de ce qu'il avait une fois arrêté. Madame de Laumer elle-même n'aurait pas obtenu une heure de grâce.

Marcien ayant appris de Boniface que la tour n'était pas fermée, ne manqua pas de faire de fréquantes visites à Jude, et de lui apporter tous les fruits qu'il pouvait se procurer.

— Je te remercie mille fois de tes attentions, bon Marcien, disait Jude ; je te promets qu'il ne m'arrivera plus de me faire mettre en prison, et que je suis bien résolu à vaincre ma paresse, quelque peine qu'il puisse m'en coûter, d'abord parce que cela te fait de la peine, ainsi qu'à maman. Oh ! quand j'ai su qu'elle pleurait, ma résolution a bientôt été prise, et je t'assure qu'elle est invariable. D'ailleurs, tout ne doit-il pas travailler dans le monde ? Va, j'ai bien fait des réflexions depuis deux ou trois jours. Quand je vois la fourmi chercher sa nourriture avec tant de persévérance ; l'araignée faire sa toile sans perdre un moment ; l'oiseau construire son nid avec un zèle infatigable ; l'eau filtrer dans la terre pour la rendre féconde ; l'air s'agiter pour conduire les nuages, etc., je me suis dit : Tout travaille dans le monde, il n'y aurait donc que moi qui resterais inactif ! Oh ! il n'en sera pas ainsi, je t'assure ; je veux participer aux travaux de la grande famille des êtres.

Ne faut-il pas que chaque individu apporte le tribut de son industrie pour sa part d'existence ? celui qui peut le faire et qui ne le fait pas, est un être nul; il ne mérite pas de vivre.

Marcien écoutait son frère avec surprise et attention. Quand Jude eut fini sa dissertation sur la paresse, Marcien lui dit : Je ne sais, en vérité, où tu prends tout ce qui te passe par la tête aujourd'hui ; mais tu parles tout comme monsieur le curé.

— On réfléchit dans la solitude, surtout devant ce bel horizon : c'est lui qui m'inspire.

— Que faisais-tu devant la fenêtre, lorsque je suis entré ?

— Je composais une prière.

— Veux-tu me la montrer ?

— Volontiers. Lis-la tout haut ; ta voix douce et sonore donnera peut-être quelque chose à mes paroles.

Et Marcien lut l'adoration suivante:

« Mon Dieu, je vous adore dans le ciel ; dans ce nombre infini d'étoiles, qui brillent dans l'immensité des cieux; dans le soleil, qui éclaire le monde, et qui féconde la terre par sa douce chaleur ; dans les ténèbres de la nuit et dans le silence des solitudes.

» Je vous adore dans les airs, dans les nuages, dans les brouillards, dans les vents et les orages, dans le bruit et l'horreur des tempêtes, dans les éclairs et les éclats du tonnerre ; jusque dans la foudre, qui frappe la cime de nos montagnes.

» Je vous adore sur la terre, dans les fleurs et les rivières, dans la mer et ses abîmes, dans les forêts et les montagnes, dans les volcans embrasés, dans les vallées, dans la neige et dans la glace, dans le chaud et le froid, parce que vous êtes partout.

» Je vous adore encore dans l'admirable variété des plantes, ces êtres inanimés qui naissent, croissent et meurent comme nous; dans les fleurs, depuis la modeste violette jusqu'à l'églé superbe; dans les arbres, à commencer par le plus faible arbrisseau jusqu'au cèdre orgueilleux.

» Je vous adore aussi dans la beauté, la force, l'agilité, l'intelligence de tous les êtres que votre sagesse a créés pour les besoins de l'homme, depuis l'insecte imperceptible jusqu'au redoutable éléphant.

» Partout je vois votre grandeur, votre bonté, votre puissance, et tout me dit de vous aimer de tout mon cœur et de toute mon âme. »

— Pas mal, pour un écolier de sixième, dit Marcien, quand il eut fini : si tu voulais me le permettre, j'en prendrais une copie.

— Prends-en deux, si cela te fait plaisir.

— Oh ! j'en ai assez d'une, dit Marcien indifféremment.

Après avoir fini, il mit le papier dans sa poche, embrassa son frère, et sortit.

Il fut raconter à monsieur le curé tout ce qui se passait dans la tour, d'abord la soumission de Jude aux ordres de son père ; ses résolutions en apprenant le chagrin de sa mère; ses réflexions, dont il n'oublia pas une syllabe, et la porte de la prison ouverte sans que le prisonnier voulût en profiter. Ensuite le jeune de Laumer montra la copie qu'il venait de faire.

Le pasteur, en ayant pris lecture, toussa, se frotta le front, et dit à Marcien : C'est bien, mon enfant ; dis à Jude que je suis content de lui.

Le lendemain, c'était le quatrième jour que Jude était dans la tour; monsieur le curé fut faire une visite au château ; et, après un entretien assez long avec monsieur et madame de Laumier, on les vit tous les trois monter l'escalier étroit et obscur de la tour.

Ils trouvèrent Jude écrivant sur ses genoux, car il n'y avait pas de table, faisant tous ses devoirs des huit jours précédents. Il travaillait avec tant d'application, qu'il en avait la figure aussi colorée que s'il avait eu la fièvre.

— Jude, dit monsieur le curé en

entrant, monsieur et madame de Laumer viennent visiter leur fils.

— Je ne mérite pas cette faveur, dit Jude, se levant tout déconcerté et se jetant dans les bras de sa mère. Je vous ai causé bien du chagrin, continua-t-il, j'en ai un profond regret ; mais ce sera le dernier que vous éprouverez de ma part.

Puis s'étant tourné du côté de son père, qu'il n'osait embrasser, il l'assura que ce serait la dernière fois qu'il aurait la peine de punir ses négligences.

— J'ai confiance en tes résolutions, mon cher enfant, dit monsieur de Laumer en lui tendant la main et l'attirant vers lui ; embrasse ton père, ta soumission a désarmé sa sévérité. Monsieur le curé, ajouta-t-il, je vous laisse le plaisir d'annoncer à votre disciple qu'il est libre, et qu'il peut nous accompagner au salon ; il soupera avec nous, ainsi que son frère.

Marcien, qui les avait suivis tout doucement par derrière lorsqu'ils étaient montés à la tour, et qui s'était caché dans un coin, sortit de sa retraite en disant :

— Merci papa.

— Ah ! l'espiègle, dit monsieur le curé, je m'en doutais. Puis, ayant pris ses deux élèves par la main, il les conduisit au salon.

Jude tint parole ; il profita si bien de la punition qui lui fut infligée, qu'il se défia toujours de sa paresse. Aussitôt qu'il en était tenté, il se raidissait contre ce funeste penchant, et finit par en triompher.

HENRIETTE.

Bonne-maman, je ferai comme Jude ; quand je serai punie, je ne me fâcherai pas ; au lieu de m'amuser à pleurer, je penserai à me corriger.

LUDOVIC, ALIX, EMMELINE.

Et nous aussi, bonne-maman.

MADAME D'HARCOURT.

Bien ! bien ! mes enfants.

FIN.

Limoges. — Imp. E. ARDANT et Cie.

www.ingramcontent.com/pod-product-compliance
Ingram Content Group UK Ltd.
Pitfield, Milton Keynes, MK11 3LW, UK
UKHW020347250726
13967UKWH00005B/2160